JN139049

三ヶ森青雲句集

東奥日報社

目次

十代

昭和三十三年～三十四年

三句

朱き柿暮れ残るマルクス少し読む

蒲公英の怒涛に向きて絮飛ばす

仔牛ゐて冬木の瘤に角磨く

二十代

昭和三十六年～四十五年

二十六句

「幸福論」夜寒の影を負ひて読む

吹かれ来てビラの貼りつく大冬木

榾火崩れ民話は鬼の出るところ

酷寒や農婦の無口子に移り

冬薔薇一書買ひ得て心満つ

太氷柱連ねて生家古りにけり

「罪と罰」読み了へぬ冬の虹青し

鶏鴼る農夫に冬田暮るるべし

鶯や峡の七戸に旭がとどき

田掻馬没日後の足狂ひ出す

腕時計のみきらきらと夏痩す

淋代海岸

炎天の浜に涼しく蛇のあと

日焼の母農ひとすぢの皺刻み

田草取いづこを向くも雲群れて

ホップ摘む女全身夕焼けて

伯楽の去ればさみしき踏込炉

久々の母の盛装深雪晴

婚を約して数日後

息白く妻となる人近づき来

五月五日結婚、妻二十二歳

歩を合はす妻の肩越し桐の花

盛り場の灯の数梅雨に入りにけり

産着縫ふ妻に向日葵咲き出せり

昭和四十五年二月二十八日から十五日間アメリカ西部セミナーに参加。昼は視察、夜はセミナーのハードスケジュールなり

サンフランシスコ

タラップを降りてアメリカ春の風

金門橋見ゆる波止場や春浅し

ロスアンジェルス

届きゐる妻の手紙や朧月

ハリュウドの椰子の並木や風光る

ホノルル

レイ受けてはにかむばかり春の風

三十代

昭和四十六年〜五十五年

三十八句

眠たげの牛に春日の鼓笛隊

昭和四十九年七月三十日から十一日間、洋上大学でグアム、サイパンへ

語り合ふデッキの夜風涼しかり

船団のくらしにも馴れ風涼し

恋人岬

伝説の悲恋の岬スコール来る

日本の年少者、婦女子が捕虜を恥ぢて飛び込んだというバンザイ岬

戦あるなバンザイ岬岩灼けて

グアム島で突然コレラ発生のニュース

バナナみな捨てて炎暑の島去りぬ

出勤の靴鳴り草の実を飛ばす

癌手術のため入院百日、一命を拾ふ

病み細る手で寒卵割りにけり

付き添ひの妻の眠れる寒夜かな

長女五歳、次女一歳

水洟の吾子や父より勁くあれ

職場恋ふ日のしんしんと雪降れり

蜥蜴消え竹林の道きらきらす

寝て覚めし牛にたんぽぽ干に殖ゆ

牛繋ぐための柿の木芽吹きけり

蝌蚪掬ふ背を遠ざかる労働歌

月の輪をくぐり来世にゐるごとし

蟻地獄病後気弱の影落とす

遠蛙頭を寄せ眠る吾子ふたり

戦知らぬ若人ばかり蜻蛉増ゆ

海棠の萏ふつふつ恩増やす

かたことの吾子と笑へり万愚節

舞ふときはいつも一羽の鷹高し

田草取海霧の奥へとすすみけり

夕郭公下り来し山を高うせり

吾子ふたり白く豊かな息交し

働きてわが白息のありがたし

立春や朱を鮮やかに護符の印

椋鳥渡るいつとき沼に影乱し

大露の山を連ねし父の郷

着ぶくれて禅僧のごと婆坐る

結跏趺坐大寒の息整ふる

老ひとりいくたび楕を裏返す

禅定に遠し水洟したたらす

手彫八幡馬の大久保直次郎氏

雪卍駒彫る鉈に力溜め

馬塚に千の土筆の呆けしよ

曲り家の簷の明るさ初つばめ

みどり児の産毛吹かるる花林檎

山寺の縁に風呼ぶ唐辛子

四十代

昭和五十六年〜平成二年

六十八句

禅堂に明暗ありぬ太氷柱

花種を蒔きて日輪のぼらしむ

あたたかやりんご観音遠目して

農夫らは昼寝の刻よ花南瓜

青簾老いて寡黙の母なりし

百貫の牛の反芻根雪来る

寒木を切りたる鋸の手に熱し

老鶯や耳に手をやる菩薩あり

二階より子の音読や夏に入る

魂棚や母とすこしの言交はす

昼の虫ひたすら眠る牛のゐて

警策を浴び来たりしよ柿朱し

怒りては蟷螂の目の人に似る

冬怒涛暮るるほかなく暮れゆくか

鵜の去りしより冬怒涛狂ひ出す

一叢の萩のさかりの武家屋敷

ヘッドホーンはづし木の実の降るを聞く

初空の高きに挑み鷹舞へり

あたたかし八十路の母の畑に出て
緑さす僧衣ことさらひるがへり
端坐して立夏の欅仰ぎゐる

パソコンの画面あをあを春の雪
春雪や肩さまざまの羅漢像
降る雪や四十路急かされゐるごとし

神の棲む雪山汚し登攀す

寒卵自我の芽生えし子がふたり

紅梅や藁屑焼きし香の残り

つばくらや吾子に未来の一直線

動くともなく動きをり蕁舟

石仏の背に縋りゐるいぼむしり

天日にいのち透くごと冬の蝶

干菜汁農の血吾に流れゐる

山男たらむ雪もて顔洗ふ

岩手山
笹鳴きや標高千の山腹に

姫神山
蕗の葉の匂ひもろとも清水汲む

山頂のとんがりに立ち遠郭公

再び八甲田山

夏雲や崩るるケルンまた積みて

わが生家、数年前より人住まぬ家となりしが、お盆のお墓参りの為母を伴ひ帰郷、しばしくつろげり

人棲まぬ生家となれり竹煮草

ひとかかへ盆花摘みて母達者

母の声して涼風の吹きぬけし

涼風や母に甘えし昔あり

蹲まりて僧の見てゆく稲の花

法光寺

白牡丹この水音に開くべし

扇風機ひたすら廻る終戦日

早池峰山

十月の風総身に尾根歩む

禅僧を前にしきりの水湊や

白神山

橅若葉滝音のして滝見えず

宿坊の一夜涼しき水の音

ひたすらに蟻が蟻曳く終戦日

焼石岳

峠路に声を養ふ法師蝉

盆過ぎの風に紫苑の走り咲き

明暗の風のまにまに法師蟬

柿食うて父の齢を越えにけり

冬滝の時空一切とどめけり

二月九日母死す

母の許や寒星北に片寄りて

言葉なき母となりをり寒灯下

寒灯やたましひ残る母の笑み

雪激し母の遺骨の軽きこと

鳥交ることも菩薩の笑みの中

手で撫でて石仏の頭のあたたかし

山寺の桃咲けば来る箒売

うしろより妻も来てをり春菜摘

母の墓あるふるさとの青山河

鰻喰ふ決断はそのあとにして

親離れすすみゆく子の夏帽子

気負なき齢肯ふところろ汁

破芭蕉こころ弱りの日もありて

道元のゆかりの寺の秋高し

五十代

平成三年～十二年

八十句

凍るまで力落とさず冬の滝

滝氷柱音を蔵ひてかがやけり

賢者にも愚者にもなれず懐手

こころ透く思ひ白魚のをどり喰ひ・

生国の山も包みて春の闇

朝風は山より山へ朴の花

この山の鳥けものみな月待つや

大仏のうしろの畑の赤蕪

からしばれ我にわが耳二つあり

伯楽を混じへ焚火の盛りけり

津軽富士見えて花菜と花林檎

立秋の風と思へり紺暖簾

禅堂に人誰も居ぬ文化の日

たはやすく日の移りゆく残り菊

枯蟷螂縋りし草も枯れゐたり

咲ききつて茎まで赤し鶏頭花

眉重くなりて俄に雪催ひ

母の忌の雪に雪降る夜なりけり

万愚節このまま妻と老いゆくか

二十年余にわたり禅を学びし田里亦無先生他界す

師の訃報白蓮に風湧き出でて

沖縄旅行

ガラス器を売る店並び夜涼し

羽抜鶏追はれてすぐに躓けり

没日後の風音早し凶作田

靡かねば枯るるばかりや秋穂草

着ぶくれて怒り忘れてゐたりけり

遺伝子に触るる思ひに種を選る

種蒔きの光播くやう手を振れる

植木市妻のうしろに従へり

えぞにうの花と知りたり深山風

海猫去りて夕日むさぼる波ころし

二児を残して姪逝く　三十五歳

死してなほ黒髪黒し夜の秋

抜きん出て風に応ふる女郎花

躊躇ひしあといつせいに木の実降る

長き風邪抜けしと思ふ大朱欒

放埒のこころ遊ばせ海鼠噛む

寒梅やまことと帰らぬ母と思ふ

寒卵性（さが）別々に子が育ち

日向ぼこ老ゆれば誰も善人に

山の子の一人も見えぬ花すぐり

つばくらの何を告げむと翻る

六月十日　長女礼子結婚、福島の人となる

嫁がせて三日経ちけり遠蛙

静けさを競へるごとし熱帯魚

石仏のうしろ明るし木の実降る

捨案山子山風すでに容赦なし

作務僧の肘にあまたのゐのこづち

山風の刈田に出でてより迅し

大欅おのが落葉に影落とす

新雪を握り十指に力湧く

四月馬鹿人に遅るることに馴れ

山墓に風送りゐる桃の花

冬すみれ疲れはいつも眼より

鉛川の白き飛沫も春の景

黒牛の胴打つて過ぐ春霙

三月十八日　生涯の師と仰ぐ禅の師匠立花一浩先生急逝す

師の逝きしことまことなる余寒かな

噎して炎天しばし眩みけり

中国旅行

下りたてば北京空港柳絮飛ぶ

青葉風戦はるけき蘆溝橋

朝涼や太極拳の人の影

かん高き北京語ひびき街暑し

四川省料理

名にしおふ火鍋の辛さ暑気払ふ

次女明子、道庁に就職内定

朝顔や南と北に娘は別れ

鳩尾の俄に冷えて時雨けり

草庵の風に震へる龍の玉

雪を来て雪の匂ひの妻の髪

抱く嬰の足蹴りつよし百千鳥

南部家の墓所一筋の風涼し

長女へ

君は今若き母なり夏帽子

有耶無耶を嫌ひすつくと今年竹

轟きて見えぬ滝ある樹海かな

退路なき五十路つばくろ翻り

寂庵の奥まで開き大手毬

秋穂草力尽くまで靡くなり

反骨のこころまだあり自然薯掘る

次女、束の間の帰省

娘の恋を聞きゐて寧し小六月

山桜一戸（いちのへ）二戸（にのへ）三戸（さんのへ）や

五月五日次女結婚

白無垢の娘の目はにかむ梅の花

墓洗ふ十指に力込めにけり

九州

火を噴かぬ火の山そこに秋の暮

思惟仏の思惟休めゐる小春かな

十月の風山頭火ここにゐる

六十代

平成十三年〜二十二年

百十一句

耳順てふ齢肯ふ冬至粥

老梅にまだちからある花の数

面白くパズル解ける日葱坊主

鶏交ること一瞬の半夏生

尺蠖に尺をとらせて阿修羅の手

秋蟬の力尽して山暮るる

裏山に日のあるかぎり秋の蝉

墨磨つて墨の香清し文化の日

恋猫に魔性の闇の深みけり

独酌の鬱しのび寄る夜の新樹

蟹怒る磯にビキニの女来て

登山帽飛ばし雪渓踏みにけり

切株に坐し一塊の風涼し

ぐいぐいと青年呷る今年酒

山頂に見し秋蝶の行方かな

着膨れていよいよ愚者の貌となる

おのづから若鮎たらむ泳ぎやう

万緑の山真ふたつに滝走る

米粒のやうな仏心毛虫焼く

いまさらの晴天続く凶作田

先陣を競ふ音して鮭のぼる

逡巡のいささかもなし鮭遡る

縄暖簾出て寒星に身を曝す

鮪躍る男の中のをとこ声

緩急の急に入りたるスケーター

葱を剥く愚直に生きし指十本

峡の子の一人に見られ鳥帰る

春愁やワイングラスを手に余し

鼓笛隊過ぎて一気に夏来る

少年の日の匂ひあり麦藁帽

大粒の雨撥ね返す朴若葉

生きざまを曝すに似たる曝書かな

百合の香の強きに咽び壮年期

座標軸少し狂へり油照り

蟻走る全速力を子に見られ

あたらしき眼鏡なじまぬ残暑かな

風鈴の本気と思ふ音となり

居待月うしろに母のゐるごとし

爽やかやや鳶旋回を繰り返し

十月の雲をくすぐるポプラかな

葉牡丹の渦にとどめの夕日差す

右脳左脳あるは不思議よ海鼠喰ふ

白魚のいのちの軽さ掬ひけり

ごくごくと馬が水飲む花卯木

かたつむりくるりと宇宙傾かす

滝仰ぐ人それぞれのこころざし

鰻喰ひすぐに髭濃くなる思ひ

ばらばらに雀来る庭夕涼し

名水の柄杓戻して水澄めり

職退きて右脳枯れゆく烏瓜

略奪のごとく颪来る残り菊

反核のビラ掴みゐる枯むぐら

数へ日や妻の横顔耳ひとつ

競ふこともうなくなりし初仕事

若菜粥いのち虔むこと覚え

あつさりと敗北認め河豚を喰ふ

春眠のままの往生夢に見し

五月来る山羊は吹かるる髭を持ち

青空を磨く一心花こぶし

夕虹や晩節すでに来てゐたる

胆力を試されゐたりはたた神

木登りの巧き子となる夏休み

老僧の一語一語や葡萄食ふ

胡桃割る男無言を通しけり

山の臍くすぐつてゐる茸狩

胸元に日を集めゐる菊人形

だまし絵に似たる街かど年の暮

降る雪にある文語体口語体

春愁を解く方程式あらばやと

青空を叩く縄跳び風光る

吊り上げし鮎の量感てのひらに

男気を貫く滝となりにけり

足裏を風のくすぐる昼寝覚

喝といふ大き一文字秋扇

つかのまの夕日とどむる穴惑ひ

ゐのこづちわけ隔てなく容赦なく

しぐるるや一山一寺一大樹

みほとけの耳削ぎ落す朴落葉

湯豆腐や硬派軟派と入りまじり

若駒の跳ねて天地を確かむる

黒塀をするりと抜けて恋の猫

花林檎密語交せる風と風

遠足の後尾楽しむ一教師

夜風ある方へ飛びたつ兜虫

流木は遺骨のごとしやませ寒

水音の絶えぬ宿坊明け易し

文法のことはさておきメロン喰ふ

白芙蓉風もろともに剪られけり

底力だんだん見せて藪からし

牡蠣食うてわれも蝦夷の血引きゐるか

戦前派またまた減つて鯨汁

忠郎もしゆらも彼の世や懐手

雛人形無疵のままに古りにけり

原産は喜望峰てふフリージア

草毟る地球の産毛抜くごとく

法悦に入る香水でありにけり

高野山

空海の眠る一山蝉時雨

力抜くことも覚えしとろろ汁

穂芒や裒月(ほろづき)といふ奥津軽

禅堂の柱どつかと冬隣

しんしんと闇濃くしたり鏡餅

大嘘神父もただの人となり

心電図すこしく狂ふ余寒かな

薄氷を毀して神馬通りけり

公案を解けぬもよかり山笑ふ

脳ほぐすジョークもらへり四月馬鹿

いつときは荒磯づたひや鳥帰る

しばらくは水音を伴れ登山道

気の晴るるまでは廻れよ水澄し

啄木鳥や五百羅漢が耳澄ます

一本の松茸で足る大吟醸

七十代

平成二十三年〜二十五年

三十四句

海荒るる一景もよし鮪喰ふ

着膨れて口論乙駁もうなかり

永き日や声良鶏の出番来て

秘事あばくやうに踏みたる薄氷

復元の竪穴住居百千鳥

水着きて女教師の変身す

暮るるまで一心通す水澄し

炎天の地球の地軸狂ひけり

言ひ負けて別の我ゐる濁り酒

下萌や鷹も偶には地に降りて

水音の一気に殖ゆる犬ふぐり

願ひみな叶ふがごとし草萌ゆる

リラの香を夜の匂ひと思ひけり

ラムネ玉鳴らし青春遠くせり

大瀑布力緩めるすべ知らず

鰻喰ふ性悪説も捨てきれず

生身魂五感も酒も衰へて

折爪岳

一山の一夜の乱舞姫蛍

秋高し鉄腕アトム来るやうな

まだ誰も知らぬ国あり蚯蚓鳴く

紅葉焚く尼に波乱の履歴あり

目鼻なきこけしこち向く夜長かな

道元の典座教訓干菜汁

再生の出来ぬ脳なり海鼠喰ふ

牧舎より駿馬顔出す深雪晴

気休めの薬よく効きうららけし

わが鬱を躁に変へたり花菜風

梅漬の一箇に脳の緊まりけり

アテルイの雄叫びに似し土用波

鰻喰ひ肉食系と思ひけり

五右衛門の顔にも似たり大鯰

道元も親鸞もゐる良夜かな

秋澄むや遮光土偶の大きな目

ぽっくりと逝くが夢なり日向ぼこ

あとがき

平成十年上梓の「青山河」に続く第二句集にするか、俳句を始めてから現在までの文字通り「三ヶ森青雲句集」にするか迷ったが、折角の機会なので後者を選ぶことにした。
最近、「俳句とは何か」を時々考えるようになった。俳句の定義ではなく、その前に「あなたにとって」が入る。難しいテーマだと思っていたが、禅で言う「自己とは何か」の問いと同じであると思うようになった。
禅では、その問いに言葉で答えると、それでは「出してみよ」の問いが続く。
難しい自問自答になったが、句集上梓にあたり、その答えを摑みかけたように思う。私は、愚者は愚者なりの自己表白のすべてをさらけ出してしまった感がする。
現役時代は仕事が第一、俳句は余技の世界として来た。仕事の句は殆どない。自然の山や川、そこに暮らす生活と、自分の家族を中心としたものばかりである。俳句を通して自然の美しさ素晴らしさに魅了され、また多くの掛け替えのない人脈を持つことが出来て、ありがたかった。
この度は、東奥文芸叢書の企画の中の一員に加えさせて頂いたことに深く感謝している。今後も、俳句の世界にもう少し頭を突っ込み、愚直に邁進していきたい。

平成二十六年十一月

三ヶ森青雲

著者略歴

三ヶ森青雲（みかもり　せいうん）

昭和十五年岩手県二戸市生まれ。本名勝男。高校時代、盛岡市の高橋青湖先生に師事、俳句を始める。高校卒業後しばらく休俳。昭和四十一年北鈴入会、同四十三年同人。五十九年木附沢麦青代表「青嶺」創刊に同人として参加。平成十年句集「青山河」、同二十一年「四季北奥羽百句百景」を上梓。現在、俳人協会会員、同青森県支部監事、青森県俳句懇話会理事、八戸市文化協会文芸部長、八戸テレビ放送レギュラー番組「俳句のまち八戸」俳句塾塾長。平成二十一年八戸市文化賞受賞。

住所　〒〇三九―一一六一
　　　八戸市大字河原木字袖ノ沢二―七七
電話　〇一七八―二八―五九九〇

東奥文芸叢書　俳句13

三ヶ森青雲句集

発　行　二〇一五（平成二十七）年一月十日
著　者　三ヶ森青雲
発行者　塩越隆雄
発行所　株式会社　東奥日報社
〒030-0180　青森市第二問屋町3丁目1番89号
電　話　017－739－1539（出版部）
印刷所　東奥印刷株式会社

ISBN－978－4－88561－178－0　C0092　￥1200E

東奥日報創刊125周年記念企画

東奥文芸叢書　俳句

加藤　憲曠　**新谷ひろし**
藤田　枕流　**野沢しの武**
草野　力丸　**工藤　克巳**
畑中とほる　**吉田千嘉子**
竹鼻瑠璃男　**高橋　千恵**
土井　三乙　**徳才子青良**
三ヶ森青雲　橘川まもる
福士　光生　田村　正義
吉田　敏夫　小野　寿子
浅利　康衞　木附沢麦青
（第一次配本20名、既刊は太字）

東奥文芸叢書刊行にあたって

青森県の短詩型文芸界は寺山修司、増田手古奈、成田千空をはじめ日本文学界をリードする数多くの優れた文人を輩出してきた。その流れを汲んで現代においても俳句の加藤憲曠、短歌の梅内美華子、福井緑、川柳の高田寄生木など全国レベルの作家が活躍し、その後を追うように、新進気鋭の作家が次々と現れている。

1888年（明治21年）に創刊した東奥日報社が125年の歴史の中で醸成してきた文化の土壌は、「サンデー東奥」（1929年刊）、「月刊東奥」（1939年刊）への投稿、寄稿、連載、続いて戦後まもなく開始した短歌・俳句・川柳の大会開催や「東奥歌壇」、「東奥俳壇」、「東奥柳壇」などを通じて、本州最北端という独特の風土を色濃くまとった個性豊かな文化を花開かせてきた。

二十一世紀に入り、社会情勢は大きく変貌した。景気低迷が長期化し、核家族化、高齢化がすすみ、さらには未曾有の災害を体験し、その復興も遅々として進まない状況にある。このように厳しい時代にあってこそ、人々が笑顔と元気を取り戻し、地域が再び蘇るためには「文化」の力が大きく寄与することは間違いない。

東奥日報社は、このたび創刊125周年事業として、青森県短詩型文芸の優れた作品を県内外に紹介し、文化遺産として後世に伝えるために、「東奥文芸叢書（短歌、俳句、川柳各30冊・全90冊）」を刊行することにした。「文化」の力は地域を豊かにし、世界へ通ずる。本県文芸のいっそうの興隆を願ってやまない。

平成二十六年一月

東奥日報社代表取締役社長　塩越　隆雄